灰桜

植田珠實歌集

短歌研究社

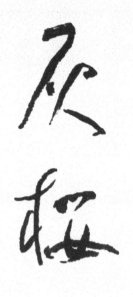

灰桜＊目次

題字　中西柳邨

灰桜

I章

1970

ベトナム戦争より還り来しあめりか兵と甲板からみる自由の女神

貨物船では戦争帰りの将校がポーカーをしてゐた屈託もなく

ｔｈの発音ができないうな垂れて大男の背にかくれてしまふ

ざ、ざ、ざ、ざと言ひつつ練習するＨ音前歯に舌がいつもはさまる

黒き手で叩くドラムはランダムでマンハッタンの地下鉄のなか

渡されしまるいコインをいつまでも指ではして電車に乗れず

眼が慣れて地下鉄の壁のひと筋のくれなゐ　血なのだらうか

ベトナムの帰還兵と反戦ビラを　わたしは紙を折つて重ねて

顎鬚はカストロの真似なのだ漏れくる隠語のやうなアジテーション

二の腕の呉須色をした刺青が読みふけりゐる毛沢東語録

六月の御堂筋を腕組んでベトナム反戦叫びて歩きつ

機動隊がせまりきたれば逃げしひと　逃げないひとと梅田の駅へ

両脇の友と躰をぶつけあひ盾のあひだを流れていつた

けぶる街けぶるおもひを置いたまま自由の女神をみあげてをりぬ

あめりかに渡り来しこと　でも、でもと己の尾つぽを追ひかけたまま

逃げながら兵役拒否をするひとがベトナム麵をフォークですする

見えるものが見えない　ニューヨークの排気ガスをおもひきり吸ふ

透きとほる髪のひとたち　こんな人形を抱いて遊びき幼いころを

話せないはづかしさから食卓のポップコーンばかりつまんでをりぬ

いくつになつてしまつたのだらう　言の葉をもたないわたしは齢を失ふ

日蝕

中庭の窓をあけたる痩せ男がゆきのあはひに指を遊ばす

ゆき暮れし異国のふたりが見てをりぬ中庭の窓にはりつく凍蝶

ガルガンチュアの講義を隅で聴いてゐたシダーの木椅子に凭れかかつて

中東のひとの煮つめる香辛料が夜に這ひ来つ寮の廊下を

細長き米は箸よりこぼれゆく掬ふカレーに混じるうろくづ

ニューヨークの学生寮にひそみゐる祖国を追はれのがれ来しひと

独裁者の名を唄ひつつみな眠る他国の民の闇にもぐりて

カクメイ、とひとり叫べばねむりゐる輩もさうだと淋しきかほして

二〇二〇年　ニューヨーク市のコロナウイルスによる死者数一万人を超える

マグノリアの花咲く町の死者たちは冷凍車に載りハート島《市営墓地》へと

戦死のやうだ傍らを黙もくと防護服と死者が連なり進む

防護服に死者の想ひは沁みこまむ擦れるたびに鈍きこゑあげ

閉ぢられし街に人の列はゆく死者を弔ふ聖歌をうたひ

わづかなる時なれ共に過ごししを汝の動悸のりずむも知るに

ベトナムの反戦運動のアジトには饐えたる熱の匂ひが籠りき

半世紀、　ねずみ花火のやうだつた　なべてつひえし遺灰無きまま

丹の色に感染したる大陸に欠けはじめるや陽の影の射す

火のなかにすべりこませし一枚の葉書立ちくるもの言ひたげに

夢にわけ入る

Tell me about yourself 見つめられ聞かれるたびに渇く　のみどが

キリマンジャロの山に死したる豹の目にうつりし空の重さをふうつと

教戒師のこゑがきこえる病室にオートミールの昼餉がとどく

ゆでたまごひとつ剝かれず置かれをりベッドのちさき窪みにかくれ

オルガンの葬送曲にも気がつかず盥に指をおよがせてゐる

教会の塔がかすかに揺らぎたり日曜なのにスモッグが濃い

口閉ぢて息つめてゐる天井にも床にも息をはけないままに

あれはMoMA《ニューヨーク近代美術館》の壁　アンリ・ルソーの「夢」にわけ入る

日の出づる國も丹色に染まりけり罔のごとく異国をあゆむ

Ⅱ章

鶴わたる

初雪の吉野の山に降るといふ父の細き手さすりつづくる

ひな菊のやうな爪ねとなだめつつ切りゆくときを父はたぢろぐ

目に見えぬアクセル急に踏むやうに片足あげる車椅子の父

窓すこし開くれば枯れ野のにほひのす　冬なのねえと父と外見て

嚙んでると脳に言はないと噎せますよ地面に落ちない雪がふきくる

珈琲に砂糖を幾つ入れるのか知らないままにふるびし父娘

鶴渡るそらの下かと思ひつつ水を汲みたり神の真清水

別れ来し父のこゝろをたぐりつつ毛糸の色を選みてをりぬ

八月　台北

霊界の天蓋開くる台湾の中元節は野分けのまなか

雨にぬれ紅き提灯さんざめく露地はくらくて脚がまつはる

あでやかな菓子、煮物、豚、蠟燭の灯がまつらるるどの門口も
ドラム缶に紙幣をもやすひとの黙　精霊みつる街の片隅
霊のため燃やす紙幣はゆうらりと塊となり昇りはじむる

颱風にのまれ降りられぬ精霊もゐるやもしれず空をみあぐる

雨のなか傘の先つぽでみづたまりをつつきて歩く幼にもどり

少女の妻もちたるひとの薦めくる羽なき餃子はつるりとこぼれ

九份《ジオウフン》に竜の棲むらし屋根、壁の食ひ荒らされし廃屋あまた

金粉をふりまくをとこ昔ゐて九份の街ゆふやけのなか

大蒜と葱で炒めし海老を剝く与那国島が見ゆる浜辺に

音もなく蒸し貝すする老人のゆびさき蠟のごとくに透けゐる

大陸から渡りしひとや海峡をぢつとながむる痩せゐる犬と

大国に睥睨されてシーソーのどこに座すのか台湾なやまし

眩暈とは安全圏でおこすもの地震《なゐ》にゆれゐる日本にもどる

八月の砂のにほひの腕のなか羽根の数本ぬけゆく気のす

青島《チンタオ》

亡きひとの息の溜り場あるといふ耳のまはりの気圧が低い

玉かぎるはろか韓《から》よりふききたる黄砂の風のなかに入りたり

西安は沈むけむりのなかにあり砂の兵士をうづめゐるまま

二千年を地下に眠りし兵士たちいづれもひんがし敵国を向く

腕ひろげ兵士は累るいたちつくすうつつの空を摑まむとして

ゆふやけがベッドを浮かす息ほそき病みゐるひとのまばたきの間を

父の灰うかばせゆけば唐国《からくに》の海はこゑあげ波をおくり来

うつせみの命ををしみすくひたる砂をきしませ啼かせてみたり

くぢらがなあ、子らを連れてきよるんよ　海市出でくるまひるとつくに
ひるがへす半身おちてしまひたりゆるり浮かび来おほき青島《チンタオ》

泡となりさう

舞鶴の海に水母が浮きはじむ軍人たちが空母に積まるる

巴旦杏もぎてうす皮かじりたり夕立あとの塩の味する

足先で砂を擦りつつ波に入る水かげろふのひとりとなりぬ

大江山越えてとび来し鬼をりき栈橋のむかう引揚げ記念館

花火にて遺灰をうちあげるといふ　しやつくりが泡となりさう

吹きやまぬ汗は麻服湿らせて浮き上がらせる緩きしむら

結びたる糸を切るとき下着らはソファの上にしどけなく開く

冷や飯に焙じ茶かけて啜りをり胡瓜の浅漬けぱりりりと齧り

背を向けて老いたる夫婦が火をつかふ京のはづれのくらき食堂

十三夜のあかるさほどのくつろぎか　虫食ひの穴を毛糸で繕ふ

ひんやりとして

隙間からおづおづのぞくあの昼のためらひいまだのこりしままに

あのしろい小鳥はもちのきの下にとむらひましたと月夜の電話

ゆふぐれの霧雨の空を叩くやうきれぎれに啼くつがひの鶴は
きりさめはちぎれちぎれにふりつづく鶴のくろき足首ふつと消えたり
麻布にくるみし鶴の胸肉は月のごとくにひんやりとして

Ⅲ章

新春詠三首

清《すが》やかな国内《くぬち》にあれよと祈るごと大和に冬の虹はたちたり

父まさぬこの初春を柞葉《ははそは》の母と籠れりかの日恋ひつつ

遠つ世のあかりかと思《も》ふまほろばは春のひかりのなかを目覚むる

熊野

どんぐりをふみつつ熊野古道行くみんなみとほく海のひかりて

黄泉の扉に書かれゐし文字うす青きアサギマダラは縺れつつ消ゆ

遠つ世の籠から逃げし者たちがちりちりととぶひかりとなれず

声だけは覚えてゐたと蝶が来てふうと寄りきてふうと離れる

女浮く　花火があがりひらくとき紀州の海は波の音なく

熊楠の書きたる長い履歴書をよみつつ館に蹌踉けてしまふ

倫敦、孫文、銃弾、梅毒とまだまだつづく文字のうつくし

粘菌の迷路のなかを匍匐前進す脳は持たない賢い輩《やから》の

デスマスクの熊楠がをり粘菌がガラスの中から這ひだしてくる

ウイルスはしづかに仲間をふやしゆく十二月の月また細くなり

したたりてをり

万緑は木霊となりて吹きすさぶ大原、古知谷滴りてをり

水無月の嵐は山を打ちつづけ木乃伊《ミイラ》の石棺ぬらぬら息す

レインコートの袖を摑んで従いてゆく枢の木乃伊にこゑをかけつつ

ゆきのした崖を蔽ひて滝のごと花を咲かせる雨に打たれて

距離感のわからぬままに背中から近づいてゆく湿る畳を

ふるへつつ冷たき昼に背を合はす青《あを》水《み》無月《なづき》の女人とふたり

迷はずに落ちきるための重たさか沙羅双樹のはな下を向き咲く

鵜

いづこにて捕へられしや喪の色をまとひ海鵜は人の眼を見ず

鉄網の柵のなかよりながれ来る海鵜のはなつ獣の匂ひ

やはらかき餌なり鰯は身を撓め鵜の嘴のなかに呑まれぬ

小瀬に棲む鵜匠はふとき顎をあげ餌に群がる鵜たちを捌く

くらやみを待つや鵜は群れ太きこゑあげつつ羽をおほきく拡ぐ

野分け去り長良の水はあらあらとまろき川原の石を洗ひて

白鳥座ゆび指すうでに湿りたる風の絡まり川音高し

鰯雲の鱗が降つてくるだらう秋草のやうにあなたはわらふ

手折るのはいと易きこと曼珠沙華のあをき茎から透きゐるしづく

折れし音ふいに戻り来　うすやみの文机のうへ曼珠沙華ゐる

潮垢離《しほごり》

ベランダに鵯飼ふ歌人ぱらぱらとパン屑を撒く首を傾げて

黄櫨《はぜ》の木の気弱き雀はうごかずにゆれる白髪みつめてをりぬ

カナリヤを繁殖させては小鳥屋へ売りしことなどスズメ呼びつつ

老い母のさみしさ啄むすずめたちくづす米つぶ盛り塩に似る

まだ母はわたしを泣かせられるのだ鬼灯市の風鈴のなる

ゆびさきで見えぬ蟻をつつきつつ言ひ訳するまを測りてをりぬ

ステンレスの薬缶が割れて亀裂から水したたらす雑巾のうへ

定家が潮垢離《しほごり》なせし浜がねと机に置きたる紀州の梅干

熊野の山に入る前のやう御身不調でらして藤原定家

出立浜《でだちはま》に佇む冷泉貴実子氏のしづけさのこと話せずにゐる

冷泉家にながく眠りし『明月記』の字を思ひつつ凪をながめき

壊れたる薬缶と塵の袋下げ母の家出る　旅を語らず

山蘆《さんろ》

ひぐらしのこゑ幾層もくぐりぬけ半身失くしてしまひけり

異界にて夏痩せしてはゐないのか扉を開け放ちひとを待ちをり

青胡桃ひとつは川にころがしてちあぽおんといふ涼しき音さす

水音を聞きつつ蛇笏の生家にて拾ひし胡桃のあをき皮剝ぐ

甲斐の国、蛇笏、龍太の生家には彼らの使ひし文机のあり

左利きの蛇笏の文鎮、虫めがね　囲炉裏の灰に炭の残りて

晩夏光が朽ちしくるみの葉に埋もれ池にはくらき影となる鯉

大型の運送トラックに眠りゐるをとこを見つつ八ヶ岳過ぐ

茜色うかばせてゐる諏訪湖まで来て気がつきぬ　鞄を忘れき

ハンカチ落としとふ遊び思ひだすあちらにカバンこちらに帽子

しよげる間もなく高速は道路工事、あちこち封鎖わが家は遠し

シンデレラ婆かと揶揄されて十一時五十九分　家の扉重し

高野山

月光のうすきけはひをのこしつつ高野の霧はたちのぼりくる

櫻池院に武田信玄の位牌ありいつしか雨は山から離れて

住職のこゑのあはひに戦国の武将の息が洩れくるやうな

足音をたてずに僧の持ちきたる霧の高野の朱の膳いくつ

土耳古《トルコ》より来し僧の耳おほきくて朱の膳重ねるたびに揺れをり

学僧のひとりふたりさんにんと黒き僧衣をひるがへし行く

五味・五法・五色　精進料理の膳三つ　まばたきしつつ見つめつづくる

円形のかたい揚げ麩をつりあげて箸がしばらく吟味をしたり

いづくから胡麻豆腐屋の主人来て注文の数聞くちんと座りて

高野にはかすかな風の道のあり祈りのこゑは御寺をつつむ

Ⅳ章

朱墨屋

水仙の葉をやはらかく叩く雨ゆびさきばかり消毒をして

磐之媛の嫉妬のことなどはなしつつ佐保の川辺を東にあるく

陵《みささぎ》に手を合はせゐる人のをり黒髪山のさくらが遠い

うすあをき煙を吐かせひよろりと伸びたる土筆の袴を剝ぎぬ

病院の朝はパンだとメールくるきさらぎの雪はせろふあんのやう

病室に忍びこみたき夜のありシーツをかぶりみる朧月

「肺に棲むものは元気で困るのよ吉野のさくらはもう散つたかしら」

千本口駅すぐの宿屋が生家だと病みゐる肺からはなびら散らす

呼吸器を外しひろげる古地図に吉野にありしおほきな旅館

しやぼん玉とばすみたいにふたりとも息ほそくして昔のことを

「當麻寺に連れて行つてくれないかしら戒名を書いて貰ふから」

酸素の濃度をつよめつつ抽斗の過去帳二冊と繰りかへしけり

奈良町の格子のなかに幾百年眠りつづけし鬼籍が目覚む

集中治療室のひとに送りつづける短きメール　燕来ました

いつまでも「既読」のつかぬ画面なり十薬の花はうす闇に灯る

枕花たづさへ朱屋の軒のした　卯月満月桜色なり

仕事場につづく廊下をきしませて朱墨屋の奥、先祖の房に

重たげにあかき尾をふる金魚をりながく生き来し翁のごとく

沈香の焚かるるなかをとぶらひぬこゝろなきままにはつかふるへて

たたかひのあとの夕空おもひつつ自粛の街をさまよひてをり

うつせみ

安倍晋三元首相銃撃される

鳴り止まぬ胸の音叉をもてあましけふも向かひき奈良、西大寺駅

せはしげに電車は吐きて呑み込みぬ生死《しやうじ》をいくどと繰り返すごと

ぽつかりと空きたる西大寺駅前　洗はれし後に積まるる花束

老いてゆく町のかたすみ籠りゐて銃をつくりしをとこが居りぬ

撃つひとを哀しみてをり空蟬は砕け銃弾の破片となりき

奈良朝に尼寺ありき放たれし弾のとび散る群れの西方

亡きひとを弔ふうたのきこえくる涅色《くりいろ》をした葭原の夜を

尼たちの嘆きのこるゐは帰燕らをふかき睡りにとどめたるまま

放たれし弾の重さもしらぬままヒートヘイズ《かげろふ》の中より出でず

背後より晩夏光に撃たれけり葭原めざす無数の燕

撃つ

幾千の花束積みたる広場なり西大寺駅のうすくらき角

献花台も慰霊碑もなきあの場所に銃弾跡のみえぬ矢印

ここが現場、頭はこちら、透明な赤紙つけて説く人のをり

水のなき秋篠川を西方へ線路に沿うて迷路に入りぬ

献金の袋は麻か天鵞絨《びろーど》か胸に抱へし女人ありけり

昭和四十年、佐保の高校に通ひき　銃撃犯の母も吾も

複雑に線路は交差し八月の蒸気となりて教会の佇つ

かぼちやが行く

草間彌生のまつ黄の南瓜みましたか祇園のまなか歌舞練場の

にぐわつの風を吸ひあげふくれゐる黒き穴もつ南瓜と向き合ふ

どぼどぼと真夜の京都を闊歩せむ草間彌生のかぼちやはこはい

自画像の横に自筆の手紙あり気の弱さうなえんぴつの文字

畳の目ななめによぎり顔寄する南瓜のドットに生まるる眩暈

軋みゐる廊下をまがりまがりして草間彌生のかぼちやを離る

三味線をつまびく音のもれきこゆ祇園のくらき露地に這入れば

乳母の弾く三味線の音の還りくる海の風ふく東京下町

ちやあちやんはしやがれる低きこゑをして膝のわたしをゆすりつづくる

ふくみたる乳房をふいにおもひたり　ゆびを反らしててのひらを打つ

おぼろを

黒塚の邑にひとりの表具師の七草つみくる妻を待ちつつ

表具師のゆびさき細くかすかなる音たて紙を張りてゆきたり

乾きたる古糊はひかるすぢとなり仕事の床に浮きあがり来る

血を絶やすことの快楽《けらく》を忘れよう春が来る度たれかのこゑが

老いといふ時間をすつかり忘れ来つあと何枚の屛風を張らうか

ちりぢりとにぶき包丁刻みゆく黒塚古墳に摘みし若菜を

石室の三角縁神獣鏡に護られし卑弥呼のことを朧のなかに

十字架に磔られしキリストにまみゆることもなき卑弥呼をり

あはゆきのなごりに濡れる石仏に燭を灯して手をあはせゐる

戦闘機の影かもしれぬきさらぎの月をよこぎる夜鷹のこゑは

霾《つちふる》

新聞紙にマトリョーシカを包みゆく土産に貰ひしプーチン人形

ぷーちんといふとき口を窄めをり野の酸葉《すかんぽ》を齧りし味する

映像を見るたびすさみ鳴りやまぬ黄砂ふりくる身の奥の鈴

反戦とふことばの狭間に列をなす戦車が国を踏み潰しゆく

さくら蘂ふるこの夜もとほくからきこえる気がする鈍き爆音

咳き込みてつちふる空を見上げたり隠るる地下は古墳しかない

ひとはみな身を寄せ合ひて生きてゐるウクライナ去る難民たちも

斑雪《はだらゆき》のなかに地雷はひそみゐる倒れふしたる兵士の下にも

稚内の沖にながめしサハリンは霧にゆらぎつ獣のごとく

祈るしかできぬ異国のかなしみは渦となりゆく裡に溜りて

復活祭のあをき卵が置かれをり京都のちさき教会の窓

がんもどき

ゆびさきを海老のするどき髭は刺す殻をくるりと剝がさるるとき

一丁のとうふを杓文字で叩きつつ海老のすり身を混ぜては撫でて

片栗粉さらり振りたり形なき豆腐のうへに淡雪のごと

底深き南部鉄鍋に胡麻油入れ弾くる熱き香にむせてをり

両の手で掬ひてゆらし玉のごと形なすまで豆腐も海老も

びちびちと油のはねるそのなかに木箆でそろり具材をおとす

きくらげの耳がみえたる飛竜頭を菜ばしで味見　口の灼けつく

V章

ゆきのすきま

帰りくるひとの足音きくやうに冬日の繭のなかにこもりぬ

あ、と言ひ　ああ、といふ声しづむとき散りくる雪のひとひらが浮く

かあさんに問うたつもりはないのだと降りくる雪のすきまをゆるる

入りこむあなたの裡はぬくぬくとゆきは水面をますぐにさして

水茎の岡にふりくる雪つぶはみづうみの風しまき吾をうつ

砂の上のしらとりの羽根ひろひたるあなたの指の痺れてゐたり

舟底のひらたきゆきを爪で掻きざわつくやうな雪のこゑきく

まとまらぬゆきを抱へてさしだせばふるへてをりぬかあさんの雪

さみしさの重さと言ふかてのひらに降りくる雪はみづとなり落つ

いちぐわつがこんなにあたたか餅の粉ゆびではらひて風にながしぬ

うぶすな

ゆきゆきて地よりたぎる湯ふきあぐる八甲田山の宿に着きたり

老い夫を恋ひてめざむるながき夜を母に聞こゆる鹿の啼くこゑ

おかつぱの幼き母が走りくる黄落はげしき邑のなかより

開けるたび小さき母の出できたるマトリョーシカのごとき産土

あの頃は小魚ばかり食べたから　昭和の母におもたきフォーク

そろとそろと銀のフォークに身を削がれ鱒はきれいな骨となりたり

自刃したる中野竹子の最期聞く窓打つ雨はいつしか雪に

戦ひに負けし会津の士族らは雪に埋もれし南部藩に生く

日のかたちさだまらぬまま暁のにほひたちきてもみづる谷は

くれなゐの

熊に似るおほきな雑種の犬居りき抱いて乗つてもよろこび転ぶ

木蓮の根元につながれたれにでも涎たらして全身ふるはす

初雪が鉄の鎖を隠しをり捨てられなくて置きゐしままの

菓子のせし盆にお礼の文《ふみ》を置き大工は帰るどんどの夜を

槌音はつるむ小鳥をはばたかせノルウェーより来し柱木の立つ

百日を開けゐる部屋に帰り来し母を迎ふるくれなゐの蘭

曼荼羅のほどけて

母の無きふたりが雨をながめてる胸まで宇陀の闇に浸かりて

踏むたびに沈みて雨を躙りだす低くしゅんでる宇陀川の苔

足濡らし髪もぬらして追うてゐる驟雨の杜に生れし蛍を

雨音は渦まき宇陀の山奔る父よ母よ逝きしもろびと

逢へずともかまはないさとゆうらゆら君は室生の蛍となりて

やはらかきこゑとなりたりたれもかも杜にとびゐる蛍を追ひて

いつしらに霧の湧き来て曼荼羅のほどけて展く色なきままに

まだ小さき鹿が迷ひて霧のなか首を傾げてわれを見つむる

兵隊も戦車もゐない大宇陀のほうたるがとぶ龍神の道

龍を待つ神社の奥にはぐれたる蛍がふたつ消えてゆきたり

終点は見えてゐるはず手のなかの蛍がとぼしいひかりを放つ

ペパーミント

埋もるるもわるくはないか雨音の重ねかさなりおとを消したり

阿蘭陀薄荷《ペパーミント》食ぶる飛蝗と庭にゐる人であるのもむづかしきこと

言ひたきことすべて放てばほぐるるや夜のアマリリスはあちら向きて咲く

食べたくないのといふ母を素麺ゆでる湯気がなぐさむ

いいひとで居てくださいね素麺があやまるやうに箸よりぬける

下宿人は足音消すを学びをりやさしき獣の気配をのこし

言ひ訳もせずに帰るか満月の夜の冷蔵庫うなりはじむる

乾きたる藤袴の葉を手もみして江戸に移りし虎屋のことなど

をさなごとはなす夢みてしばらくは胸のあはひをやはらかき花

石鹸

手にのこる母の湿りを握りしめ斑《まだら》な月夜を集中治療室《ICU》へと

真夜中の廊下のテントが病室なりコロナ感染検査をされて

二の腕にむらさきの蝶のひろごりぬ輸血の管は湾曲したまま

病室でさむいさむいと言ふ母の痩せゐる背なを抱きてつつむ

病む母はちひさな石鹸ねだりをり　いつもなにかを欲しがる幼

面会は五分間だけまばたきを何回もして病室を出る

三度目のワクチンを打つ草の葉の月のひかりをまだ残す朝

朱の玉

雨つぶを拭きつつ椅子をすすめたり息子と暮らす静かなひとに

えらびたる大葉の鉢をながめゐるその横顔をながめてをりぬ

朱の玉を指にすべらせ恥ぢらひて薄暑のひかりのなかをほほゑむ

いくつかの菓子と野花を紙袋に　お肉も少しねと言ひつつ渡す

ハンバーガーにつき来し玩具もうれしいと袋に入れて持ち帰りたり

ねえ、しゆうさん、シュウサンとよばれてゐるのか末の息子は
時雨煮にしてみましたとゆふぐれに煮物と花の写真がとどく
こそばゆく青水無月のうす闇をメールの写真とすこしく遊ぶ

あをうめと氷砂糖あをうめと重ねかさねし梅の浮き来る

月に降るひかりをおもふ夕ぐれを月は欠けゆき暗きくれなゐ

紅花のひとひら重ねし色をして月は欠けたり夜のはじめを

うすやみのゆるり溶けゆく空見あぐ　月蝕の原つぱ草ぬれてゐる

冬の陽があつまつてゐる木の床に水鳥のごとく休んでをりぬ

水仙の葉群ゆれるをみつめゐるマリアのごとく受胎告知の

てのひらを影絵のやうにゆつくりとまろきお腹にあててそのまま

草も木も聞こえてゐるらしはつはるのこの風のこゑあなたと聴きたい

あつ、蹴つた　お腹の子どもが足のばし冬の椿はひかりを弾く

戦といふ文字のちらばる新聞につぼみのふふむ白梅つつむ

まだ神にまみえぬままに見あげゐる虹は夕べのひかりとなりて

兎のとしの母は抱くらむ兎の年の皐月の風のつれくる曾孫

灰桜

病む母の脹るる脛を破りくる薔薇の芽のごときちひさき潰瘍

包帯を巻きつつ母と鳴きやまぬ小鳥を褒むるかはりばんこに

鵯くればついばむ林檎　裸木に刺したる母の黄疸はげし

えんぴつはいくど指より滑り落つ書かれし文字の薄墨桜

氷室神社の桜咲くらし十二冊目の病床ノートも果ててしまひき

はなびらの床を舞ふやう病む母のはがれし皮膚はしろく透きゐて

病む母を着替へさすたび乾きゐし皮膚はひかりとなりて散り交ふ

まあまあこんなにたくさん、恥ぢらひておのれのかけらを床より払ふ

生きてゐますよ、けふはまだ　鏡なき看取りの部屋で白髪を梳く

音もなく墨汁がひろがつていく　未明の母は沈みて昏し

日を見ずに弘川寺にひとり行くさくらの花の色無き刻を

猪除けの鋼の護る西行の墳墓はどこかいぢけてさみし

電流を避けて柵をまたぎをり春の朝日に身をよぢりつつ

西行の墓にはなにも手向けずに降りくるさくらをみあげてやまず

をさなき日母に渡ししさくら花、今、声あげて母のよろこぶ

こぼこぼと咳をしはじめ　薄墨が唇より流れ来　息のとまりき

この春は鉄球のごとく胸に墜つ　わが腕のなか母は逝きたり

灰桜だと思ひけり骨壺の木箱の角が乳房を突つく

情念はかすみとなりてただよふや灰のかろさをかかへて歩く

線香のこぼれし灰をながめをり燐寸箱に描かるるツバメ

はなひらが湧きたつほどに冷ゆる昼母なき部屋に母をさがしぬ

白蝶の湧きゐる

水たまりにひらたき泡がひとつあり麦の香のする霧のたちくる

毒もてぬさびしさもあり遊園地の草むら走るほそきくちなは

蛇を見し薄暑の午后をゆつくりとゆるりゆるりと老いてゆきたし

白蝶の湧きゐる山のなかにゐる血族といふ奇妙なるもの

恥づかしいなんて感覚すらなくて茅花はひたに絮を飛ばしぬ

木苺はだいだい色の実を落とすみどりごも老女もまだ夢のなか

抱きゐるは棉の重さかみどり児はかそけき息をしながら眠る

息とめて赤子をななめに抱き上げしばあばの右の乳房が熱い

とまどひは双方にあり口窄め身をかたくして子はくうと泣く

泣く前にくいつと口をよこにするみどりごの君耐へずともよし

アマゾネスの戦士のごとく若き母は乳をふくます片肌脱いで

赤らんで乳首ひとつがたちあがる使命持ちゐる生き物のごと

母も児も汗をかきつつ耽溺すふたりだけの聖なる空間

乳を飲むみどりご眩し初夏《はつなつ》のひかりとなりてわれを射抜きぬ

白南風の吹きはじむる夜みどりごは埋火のごとき熱もち眠る

腕のなか逝きたる母が還りきて抱きゐる赤子をゆらしつづくる

くつくつところゑをもらして母は逝きくうくと泣きて児は空をみる

火の鳥のごとき母かと思ひしが天に召されていかにおはすや

骨壺をふたつ並べて香を焚く曾孫の鼻の大きさなど告げ

やはらかき心のままに召されたるちちははならむ　さう思ひたし

解説

——不在なるものの気配——

吉川宏志

『灰桜』は一九七〇年にアメリカ留学をした回想から始まる。当時のアメリカではベトナム戦争反対運動が燃え上がっていた。その熱く危うい空気は、植田珠實さんが暮らした学生寮の中にも入り込んでいた。さまざまな国の人々の、それぞれの正義に触れたときの戸惑いや、それでも反戦運動に共鳴する思いが臨場感のある描写で歌われ、短編小説のような雰囲気のある連作となっている。

逃げながら兵役拒否をするひとがベトナム麺をフォークですする
話せないはづかしさから食卓のポップコーンばかりつまんでをりぬ
ガルガンチュアの講義を隅で聴いてゐたシダーの木椅子に凭れかかつて
中東のひとの煮つめる香辛料が夜に這ひ来つ寮の廊下を
細長き米は箸よりこぼれゆく掬ふカレーに混じるうろくづ
ニューヨークの学生寮にひそみゐる祖国を追はれのがれ来しひと
独裁者の名を唄ひつつみな眠る他国の民の闇にもぐりて
ベトナムの反戦運動のアジトには饐えたる熱の匂ひが籠りき

コミュニケーションがうまくできないまま、日本の外に広がる世界の大きさに圧倒されていた日々が浮かび上がる。それでも、香辛料や歌声などを通して、自分とは異なる生を送る人々と触れ合っている。そうした人々と深い関係を結ぶのではないが、自分の知らない世界が、身近に息づいていることを大切にしているのだ。

後述するが、植田さんには、はっきりとは見えないけれど何かの存在を感じ取っているような歌が多い。そうした感性には、若き日のアメリカ体験が反映しているのかもしれない。

　マグノリアの花咲く町の死者たちは冷凍庫に載りハート島《市営墓地》へと

そんな記憶が蘇ってきたのは、コロナ禍でニューヨーク市の死者数が一万人を超えるというニュースに触れたからだった。さまざまな死が町には刻まれている。植田さんはいろいろな場所を旅しつつ、土地のもつ記憶に繊細に反応している。

　亡きひとの息の溜り場あるといふ耳のまはりの気圧が低い

父の灰うかばせゆけば唐国《からくに》の海はこゑあげ波をおくり来

花火にて遺灰をうちあげるといふ　しやつくりが泡となりさう

櫻池院に武田信玄の位牌ありいつしか雨は山から離れて

ちりぢりとにぶき包丁刻みゆく黒塚古墳に摘みし若菜を

初雪が鉄の鎖を隠しをり捨てられなくて置きゐしままの

一、二首目は中国の旅を詠んだ「青島《チンタオ》」から。死者の息が溜まる場所があるという伝承を聞いたのだろうか。そのような話を知ると、空気の様子も違うように感じられる。しかも海に父の遺灰を撒くための旅だったようだ。人の死が風土に還ってゆくことを、強く実感する体験だったのだろう。

三首目は舞鶴への旅を詠んだ「泡となりさう」から。花火に入れて遺灰を撒くという行為を知り、衝撃を受けている。下の句がユニークで、単なる驚きなのではなく、人間の身の、泡のようなはかなさを改めて感じているのだろう。

四首目は「高野山」という一連から。上の句は事実だけを詠んでいるが、下の句で情景の広がりが生まれている。武田信玄の死後、五百年近い時間が流れ、いくたびも雨は山を濡らして去っていった。人の死が、土地の陰翳を深くしてゆく。それを植田さんが感じ取っている様子がよく分かるのである。

五首目の黒塚古墳は奈良県天理市にあるらしい。なんでもない若菜にも、古墳のもつ死の気配が沁み込んでいる。「ぢりぢりと」のあたりにも、刃物のもつ妖しい力が感じられて印象的である。

六首目は犬が死んだ後の情景を歌う。死の後も、物は残り、季節は流れてゆく。そうした目に見えない時間の厚みが、土地の雰囲気を作っていくのだろう。

きりさめはちぎれちぎれにふりつづく鶴のくろき足首ふつと消えたり
麻布にくるみし鶴の胸肉は月のごとくにひんやりとして
遠つ世の籠から逃げし者たちがちりちりととぶひかりとなれず
砂の上のしらとりの羽根ひろひたるあなたの指の痺れてゐたり
龍を待つ神社の奥にはぐれたる蛍がふたつ消えてゆきたり

鳥や蛍などを題材としつつ、夢か現実か分からない不思議な歌が生み出されている。こうした歌に、植田さんの独自性が最も表れているのかもしれない。これらの歌にも、居なくなってしまったもの——不在なる者——の気配が漂っている。消える、逃げる、などがキーワードになっているのだ。
一、二首目は特に謎めいていて、「くろき足首」や「胸肉」が妙になまなましく、異界からやってきた鳥のようにも感じられる。
植田さんの歌では、この世とあの世の境界がおぼろな印象があるのだが、それでも父や母の老いと死は、じわじわと暮らしの中に入り込んでくる。

ひな菊のやうな爪ねとなだめつつ切りゆくときを父はたぢろぐ
目に見えぬアクセル急に踏むやうに片足あげる車椅子の父
手にのこる母の湿りを握りしめ斑《まだら》な月夜を集中治療室《ICU》へと
二の腕にむらさきの蝶のひろごりぬ輸血の管は湾曲したまま
病む母を着替へさすたび乾きゐし皮膚はひかりとなりて散り交ふ
こぼこぼと咳をしはじめ　薄墨が唇より流れ来　息のとまりき
灰桜だと思ひけり骨壺の木箱の角が乳房を突つく
はなひらが湧きたつほどに冷ゆる昼母なき部屋に母をさがしぬ

どれも情景がリアルで心に迫ってくる歌だが、特徴として、無残なものを美しいものとして見ようとする目の動きを指摘することができると思う。一首目の「ひな菊のやうな爪」は、実際は衰えているのだろう。それでもそこに花びらを見ようとする。二首目は、不規則で奇妙な足の動きであったはずだ。けれども父が元気に運転をしていたころのアクセルを踏む足を重ね合わせる。

四首目は内出血のため痛ましい状態なのだが、肌に「むらさきの蝶」を幻視する。五首目も、着替えのたびに皮膚片がぼろぼろとこぼれ落ちるのを見るのはつらかっただろうが、「ひかりとなりて」と明るく描かれている。

親の老衰をつぶさに捉えつつ、それでも詩としての美しさをぎりぎりまで保とうとしている。死の尊厳を守ろうとする姿勢が見えてくるし、抑制された悲しみが滲むのである。

七首目の「灰桜」の歌は歌集名となった作。母を火葬にしたあとの目に、桜の花も遺骨や遺灰のように映っていたことが、切なく伝わってくる。木箱の角が乳房をつつくという表現にも凄みがある。母の死後も、母として生き続けなければならないという覚悟が感じられるのである。

ねえ、しゆうさん、シュウサンとよばれてゐるのか末の息子は

てのひらを影絵のやうにゆつくりとまろきお腹にあてててそのまま

あつ、蹴つた　お腹の子どもが足のばし冬の椿はひかりを弾く

木苺はだいだい色の実を落とすみどりごも老女もまだ夢のなか

くつくつところゑをもらして母は逝きくうくと泣きて児は空をみる

歌集の終わりのほうでは、孫の誕生が歌われる。一首目は、息子が妻に「シュウさん」と呼ばれている様子を、ほのぼのと眺めている。二、三首目も、植田さんらしい柔らかな言葉の調子や、「あつ、蹴つた」という口語がよく効いていて、快い響きの歌になっている。

三、四首目は、幼い者と老いた者との対比が印象に残るが、誕生と死を繰り返しつつ、夢のように人の世は続いてゆくことを、静かに受け容れている感がある。寂しいけれど、淡い明るさを湛えながら、この歌集は終わってゆく。「灰桜」という色が、とてもよく似合う一冊であった。

他にもさまざまな題材が歌われている。たとえば台湾を訪問し、中国からの圧力をつねに受けている島に生きる人々を思いやる歌。安倍元首相が銃殺された西大寺駅に行き、犯人の母と自分が同じ高校に通っていたことを想起する歌。犯人

の男が無関係な他人だとは思えないのである。そして、ロシアのウクライナ侵攻を見つめ、自分の無力さを噛みしめる歌。植田さんの歌は柔和で古風な印象があるが、現代の不安を敏感に捉えている。

さまざまな角度から批評することができる歌集であろう。多くの読者に読まれることを心から願っている。

最後に、取り上げられなかった歌をいくつか挙げておきたい。いずれも翳りを帯びつつ、艶のようなものが漂う歌である。

ゆきのした崖を蔽ひて滝のごと花を咲かせる雨に打たれて
ふるへつつ冷たき昼に背を合はす青水無月《あをみなづき》の女人とふたり
いづこにて捕へられしや喪の色をまとひ海鵜は人の眼を見ず
まだ母はわたしを泣かせられるのだ鬼灯市の風鈴のなる
病院の朝はパンだとメールくるきさらぎの雪はせろふあんのやう
乾きたる古糊はひかるすぢとなり仕事の床に浮きあがり来る
ゆびさきを海老のするどき髭は刺す殻をくるりと剝がさるるとき

あとがき

父は、苺ゼリーをちゅっと吸って召された。不如帰が鳴き交わす吉野の病室だった。百歳。

母は、白桃をオイシイと啜り、深い息をして私の腕の中から旅立った。桜ふぶく朝だった。九十七歳。

一人娘の私はこの数年、ただ考えること止めて走り回った気がする。

しかし突然現れたコロナウイルスは、一気に時のながれを押し戻してしまった。

封印していた箱の蓋が開いてしまった。煙のように立ちのぼってきたのは、むかし、むかしの記憶。ひと、時、匂い。

歌集『灰桜』には、懐かしいその還ってきた時間がすこし詠まれてある。わが裡を潮のようにうねりつつ戻ってきた記憶。詠まなくてはもう向き合うこともない、埋み火のような想い出。多くのひとを送り、また新しい命にも出逢った。その流れに抗いながら、押し流されながら詠んだ歌である。

どの歌も、読み返すと息苦しくなる。纏めることを躊躇った。しかし、今歌集を編まないと、これらの歌達に向き合うことはもうないだろう。そう思った。

刊行にあたって心のこもった解説を賜わった吉川宏志先生、深く感謝しております。

短歌研究社の國兼秀二編集長、菊池洋美さま、本当にお世話になりました。

そして、なによりいつも側にいて励まして下さる「山の辺」のみなさまに心よりお礼申し上げます。

母であり、歌人であった高蘭子にこの歌集を捧げます。

そして、半世紀を共にした夫、植田昭一にも。

令和六年 如月

植田珠實

著者略歴

1949年東京生まれ、奈良育ち。
ニューヨーク州立大学卒業。
第一歌集『梟を待つ』。句集『月のこゑ』。
短歌結社「山の辺」代表。

検印
省略

二〇二四年三月十九日　第一刷印刷発行
二〇二四年五月　七　日　第二刷印刷発行

歌集　灰《はい》桜《ざくら》　定価　本体二五〇〇円（税別）

著者　植《うえ》田《だ》珠《たま》實《み》
郵便番号六一九―〇二二五
京都府木津川市木津川台一―五―一

発行者　國兼秀二

発行社　短歌研究社
郵便番号一一二―〇〇一三
東京都文京区音羽一―一七―一四　音羽YKビル
電話〇三（三九四四）四八二二・四八三三
振替〇〇一九〇―九―二四三七五番

印刷　KPSプロダクツ
製本　牧製本

ISBN 978-4-86272-759-6 C0092 ¥2500E